KB038334

어디에도 없는 빨강

김순실 시집

어디에도 없는 빨강

달아실기획시집
31

보조 용언과 합성 명사의 띄어쓰기 등 본문의 맞춤법은 시인의 의도에 따른 것임.

유난히 비가 잦은 올해.
물방울로 가득한 책을 읽고
비를 타고 오는 그대 생각에
시 읽기로 보낸 나날.
시에게 입은 은혜가 크다.

시는 어둠의 심연에서 올라오는 꽃이라는데
시로 와준 모든 연민들이여
그 눈빛의 목록에 집중하는 것,
마음에 이는 파동을 잘 살피는 것,
앞으로의 과제가 될 것이다.

내 생의 단 한 사람을 떠나보내고
이 시집이 세상에 보내진다.
6년 만이다.
글썽이는 눈시울을 다독여주신
모든 분들께 이 시를 바친다.

2023년 겨울 초입에
김순실

차례

어디에도 없는 빨강

2부

4부

1부

딸랑거리는 저녁

시시한 저녁을 감싸고 눈이 오네
눈 한 바가지 퍼 담아 밥솥에 안치고
도마를 딛고 오는 생각이
흩날리는 눈처럼 제멋대로 썰리네

기억나지 않는 얼굴 일깨우듯
압력솥이 딸랑거리네
상처 입은 것들을 위로하는 밥 냄새
눈은 멈추지 않고
한 그릇 고봉밥으로 피어나네

풀풀 날리는 함박눈덩이 뭉쳐
서로에게 던지는 저녁
뜸 잘 들인 눈 한 수저 뜨네

눈을 맞고 서 있는 목련나무
오늘밤 폭설에 꽃 피우겠네

어디에도 없는 빨강

깍두기 한 입 깨무는데
아삭, 반짝이는 소리
밤새 걸어야 했던 길 멈추게 한다

그날이 그날이던 깍두기가
젓가락 쥔 채 곰곰 생각에 빠지게 한다

땅속에서 무無로 견디던 무
드디어 땅 위로 드러난
깊숙한 말들 새겨놓고
한 입 베어 물면 아삭, 하고 대답하는지

무에서 태어난
깍두기의 색깔은 나만의 것
나만의 손맛으로
어디에도 없는 빨강

읽을 수 없는 말들이
깍두기라는 꽃봉오리에 닿아 터진다

나의 작은 창窓

도서관 창가 이 자리에 앉으면
내게 꼭 맞는 조그만 창으로
생생해지는 생각의 실마리 보이네

누구는 도서관에서 영혼의 고래 같은 사람 만났다는데
나는 창가에 앉아 고래가 드나드는 꿈을 꾸지

고래와 생각 사이를 넘나들던 새들
순간 솟구쳐 올라 가없이 사라지네
새들의 창은 얼마나 넓을까
새들이 조망하는 세계에서
나의 창은 얼마나 작을까

나는 작은 내 부엌창이 좋아
나를 키운 봉의산이 다 보이고
색색의 지붕이, 구부러진 길이, 삶의 고만고만함이…
그래서 고래는 내 창으로
들어올 수 없었겠지

창의 눈동자에 비친 눈부처를
내 영혼의 도서관에 담아야지

노란 수선화 창가에 머무는 동안
그 둘레에 고이는 고요
한 그릇 푹 떠서 서랍에 넣어놓고
조금씩 꺼내봐야지

두근거리네

바람에 두근거리는 버드나무
버드나무 사이로 두근대는 구름
구름의 뱃살 주물러
책 한 권 만들고 싶지만
따라갈 수 없네
구름 속 두근거림 복원하러 어디로 가야 하나
파닥거리는 버드나무에게 물어야겠네

저 별 두근대는 것은
내가 쳐다보기 때문
별은 땅에 엎드린
손톱보다 작은 별꽃에도 있지

이건 뭐야? 저건 뭐야?
온종일 물어대는 아이처럼
'두근두근' 낱말카드
물방울 되어 몰려들더니
번쩍이며 두근거리다
밤새 폭우로 쏟아지네

두근두근 내 인생*이네
그대와 나 꿈이 있어 두근거리네

* 김애란의 장편소설

무를 씻네

무를 씻네
흙 묻은 무들이 무어라 무어라 하네
저무는 게 서러워
흑흑 흐느끼기까지 하네

무에서 나온 말들
물소리에 섞여
끊어졌다 이어졌다 하네

물은 마구 씻어내네
무를 붙들 마음이 없어
수세미로 살살, 또는 벅벅
내 안의 무를 씻네

씻고 씻어 무의미를 낳네
그곳에 이름을 붙이고 싶네
텅 빈 여백 가득한 무의 노래

채반에 수북한

머리 파란 가을무 속에서
아라리 한 자락 흘러나오네

봄의 암내

봄볕이 새 세상 열자
점점 낡아가는 내 몸에
냉이며 달래며
봄 햇것들이 문신을 새기네

어두운 내 안까지 봄의 암내가
물색없이 따라오네

'나물'하면 소양강이 내게로 밀물져오는 느낌
온갖 순한 것들 초록으로 스며들지
한 바구니 곰취가 펼치는 풀밭 위로
당신의 발바닥 찍히네

아, 벌어지는 당신 입 속으로
저벅거리며 들어가는 곰 한 마리

나는 얼마큼의 수행을 거쳐야
저 낮은 곳에서 머리를 내밀 수 있을까

깜깜한 몸속으로
쓰고 시푸른 즙 고여
터진 곳 어루만지네
강물처럼 잡을 수 없는 저녁 흘러가네

첫울음이 캄캄하게

어둠에 가려 있던 샛별 하나
반짝 눈을 뜨는 시간

그대는 첫울음처럼 캄캄하게 웁니다
책상에 앉으면 반짝 켜지는 눈동자
한 송이 꽃봉오리 피어나려 합니다
나는 어둠 받아먹으며 순례자 되어 길 떠납니다

열두 겹 물이랑 나를 밀어서
안개 자욱한 세월교 아래 데려다 놓거나
벼랑에 핀 진달래 곁이거나
산벚나무 그림자 발목을 적시거나

염소가 뜯어먹은 깜깜한 창밖이
뿌예질 무렵
벙글던 생각들 만삭이다가
진통이 오기 시작하네요
그대를 사모해서
그대를 낳았어요

어둠이 썰물처럼 돌아나가고
아침 발자국 우련해
그대는 삼악산 너머로 떠납니다

속 빈 나무

손을 쓸 수 없다는 말,
손목에 탈이 나고야 알았네

내 뜻대로 되지 않는 세상
손을 놓고 마는 밤이 오지

손보러 가야겠네
내 목숨도 손을 쓸 수 없을 때가 오면
어디로 가야 하나

고분고분 말 잘 듣던 손
주먹 꼭 쥐어도 힘이 없네
속이 빈 나무처럼

이제 힘 빼고 편해지려네
밥도 당신도 조심조심
엇박자로 나갔던 마음도 돌려놓고
손 보고 시나 쓰라 하지

나를 번쩍번쩍 들던 손 어디 갔나
손을 앞에 두고 손을 찾네

실금

허공 향해 무한으로 뻗은 잔가지들
그 금 따라 실리는 마음의 갈래들 보이지요

아침에 먹은 마음 다르고
점심에 먹은 마음 다르고
저녁에 먹은 마음 다르듯이

시도 때도 없이 흘러가는 마음들
하늘에 잔물결 일지요

누가 겨울나무를 헐벗었다 하나요
저 실금이 일으키는 생각의 실마리 따라가면
빈 가지는 비어 있지 않아요
거기 깃든 시심을 섬기고 싶어요

아무것도 바라지 않고
무언가를 이루려 하지 않고

실금의 광채로 겨울의 정오는 빛나지요

그 슬하는 풍성해서
물오리 떼의 빨간 발은 명랑하고
밤새 누군가 깔아놓은 살얼음장은 영롱, 영롱하고

흰 점이 있는 아침

창문 가로지르며 나타난 백로
날개 활짝 열고 유유히 날아간다

새는 석사교 건너
아파트 옥상에 흰 점으로 앉는다

혼자서 감당할 무엇이길래
꽉 막힌 도로 내려다보는가
비상의 충동 누르고
외다리로 서서
부리를 죽지 밑에 파묻고 꼼짝 않고 있는 걸까

빨강이 초록으로 바뀌고
바쁜 아침들이 달려간다

새가 떠나고
직육면체의 각진 모서리가 날카로워졌다

흰 점이 아침을 완성하고

사라진 흰빛 눈에 밟혀 여백은 넓어지고

드디어 고요한 흰 점으로 남은 나
만삭인 아침에게
이름을 붙여주어야겠다

황금똥

두근거리는 자궁이 되었지
달거리 끝난 지 오래인 몸

산부인과에서
배부른 여자들을 본 순간
불에 덴 것처럼 이마 뜨거워져
입덧하듯 울렁증 이네

나도 둥근 배를 갖고 싶어
보름달처럼 둥근 배
몸속에 생명을 품고 싶어
치마폭으로 스며드는 기운, 입춘이려나
잊었던 내가 초록빛 순으로 뻗어오르네

이 강줄기 어디에서 흘러들었나
말랐던 유선에
전율 오듯 찌르르 젖이 돌아
젖꼭지 물리면
보얀 젖물에 흠뻑 젖은 내 아기

황금똥을 누리라

심심한 의자

누가 심어놓았나
개천 한가운데 생뚱맞게 서 있는 찌그러진 의자
앉으면 나를 구겨버릴 것 같은

다리 밑에서 심심하게 졸더니
뜬금없이 개울을 떡 차지하고 반짝인다

상형문자처럼
낯선 풍경으로 눈길 모은다

담벼락을 휘감아 오르는 담쟁이처럼
어딘가로 가고 싶어
물에 잠긴 다리에 피가 통해
저벅저벅 걸어갈 듯한데

나도 저 의자에 앉으면
색다른 무엇이 될까
심심한 사람들 반짝 웃게 할까

뜻밖의 착각이 오늘의 반가운 손님
마르지 않는 샘처럼

세상 모든 착각을 그곳에 모아놓고
저 의자는
떠내려가지 않는다

질그릇 섬

내 안에 자주 꺼내보는 섬 하나 있네
강 속에 선사 유적지가 있지

고인돌 무덤의 청동기 시대
민그릇, 붉은간그릇에 점심 차려야지

찬장에 그 그릇들 쟁여놓고
나 어느 부족장 마님 되어
삿자리무늬, 문살무늬에
갓 구운 너비아니를 담아야겠네

미루나무 밑에 펼친
청동기 까치들 날아가네
나무 위 까치집에도
토기 하나 있으려나

겨우내 견뎌온 떡갈나무 이파리들
제 몸 태워 그릇에
구름을 새겨 넣었네

낙엽 문을 열고
낙엽 말 속으로 들어가
낙엽에 잠기며

내 안에 자주 꺼내보는 섬 중도中島 있네

참새 곳간

길게 이어진 개나리 군락
덤불 속이 수런댄다

가까이 다가가자
참새 떼 후다닥 날아오른다

어, 하는 사이 하늘은 비었다
어둔 덤불 속에는
참새들의 환한 세계가 깃들어 있는지

얼마나 많은 말들이 쟁여져 있을까
봄 되면 숨어 있던 말들 개나리로 피어나
온 천지 노랑으로 쨕쨕 터지겠지

저 덤불 헤치고
말의 곳간으로 들어가면

참새들이 물어 온
세상의 온갖 말들이

기다리고 있을 것 같다

열꽃

목이 늘어진 옷을 입고
간이침대에 걸터앉아
당신 생각에 출렁입니다

백자 같은 달빛 속에
매화 향기 그득합니다

그대와 주고받던
이야기들이 차오르며
먼 은하로 흘러갑니다

나의 봄이었던 사람
그 웃음, 발바닥, 손바닥,
겨드랑이에 발갛게 열꽃이 핍니다

봄밤이 발기합니다

2부

여름밤의 망명

허공으로 휘어진 이파리마다
어스름이 느릿느릿 반발자국씩 내딛는 저녁
각진 운동장이 점점 둥글어지더니
검푸른 하늘 들어앉네

하늘 한복판으로 공을 차올리는 아이들
어른들은 팔 흔들며 운동장가를 걷고
딸에게 자전거를 가르치는 아버지
애야 중심을 잡아라
세상은 자꾸 출렁인단다

치르륵 치르륵
하늘에서 구르는 자전거 바퀴 따라
교실에 있는 지구본이 도네
책갈피 속을 달빛이 자박자박 읽어가네

파르르 돋아나는 그대 생각 따라
어린 밤은 점점 피어나네

어둠이 어둠이 아닐 때까지
나는 당신이 밀어주는 그네에 흔들려
여름밤으로 망명해버리네

금빛 잉어가 있어

버드나무 옛 우물
금빛 잉어가 산다는

봄이면 묵은 빨래로 붐볐지
햇살 아래 하얗고 빳빳하게 태어났지
다시 살아난 버드나무 이파리처럼

한 모금 두 모금
나를 적시던 물은
한 나무를 이루었는지
금빛 잉어는 용이 되었을까

두레박 빠뜨려 울며 내려다본
깊은 우물 속
그날 밤 꿈속에서
내가 놓친 두레박 물고
우물에서 올라온 금빛 잉어를 만났지

지금도

내 안에 살고 있는 금빛 잉어
밤마다 슬며시 떠올라
달빛 가득 이야기 물고 온다

쥐똥나무

쥐똥나무라는 이름에 갇힌
열매는 얼마나 억울할까

네모난 철망에서
고개 내민 잔가지들
싹둑싹둑 잘리지만
혹시나 혹시나 하며
안으로 가지 하나 더 만드는 오기

밖으로 내민 손 잘릴 때마다
잔가지는 단단한 가시 되고
가시는
제 몸 찌르네

자잘한 흰 꽃 필 무렵
제대로 피지 못한 쥐띠 팔자
흑진주 쥐똥에 기대어
철망 밖을 꿈꾸네

소를 찾아서

무량수전 배흘림기둥에 묶어놓은 소 한 마리
일렁이는 산자락
음조 다른 가락으로 흐르고
독경 소리 그윽하다

팔작지붕 네 귀퉁이마다 춤사위 깃들어
넓은 소맷자락 떨치며 한 동작 펼칠 것 같은데
풍경은 저 혼자 박자 맞추고
노을에 삼층탑 하늘로 오른다

한 생명 잉태한 뱃살 같은
갈라진 나무기둥 사이로
별들 총총 떠오르면

절방에서 계곡 물소리 들으며
잃어버린 소를 찾다가
시에 얹을 코뚜레 하나 깎으려나

한 줄의 힘

김밥천국에서 김밥 산다
은박지 열자 참치김밥 나란히 한 줄
호숫가 오리 가족 떠오른다

한 개, 오리와 두 개, 참치와 세 개
어느새 천국김밥 다 먹으니
내 안으로 어미 오리와 새끼 오리 들어와
물속 세계로 풍덩

나는 오리 맨 뒤에서
어미 오리 가는 대로 뒤뚱거린다
물살 가르며
팔 흔들고 어깨 으쓱대니
생각 한 줄 따라온다

꽥꽥거리는 오리 가족 명랑하고
물가 나무들 번쩍 손을 들고

김밥이 오리를 불러내고

펄떡이는 심장이 되어
한 생각이 떠오르고

만물과 이어진 한 줄은
힘이 있구나

망각이라는 곳간

출산의 고통 너무 심해
다시는 아이 낳지 않겠다고
이 악물던 여자들
몇 년 후 다시 배가 불러온다

누구를 위한 고통일까
누구를 위한 망각일까
망각이 베푸는 은혜로움이
나날을 살게 한다

그것은 모든 걸 먹어치우고
흰 종이만 남겨놓았다
아무런 통증도 없이

망각에게 고해를 하고
다시 망각 속에 빠지는

망각이라는 곳간에 차곡차곡 쟁여둔
나의 보석들이여

나의 벼랑이여

포스트잇

책상 위 탁상달력에 붙어
길고 생각 많은 복도에 매달려 있다가
가볍게 가볍게
흔적 없이 떼어지는

어디에 붙이면
우왕좌왕 없이 착착 앞이 보일까
형용사 부사 없이 한달음에 모든 게 정리될까

오늘은 계획대로
순두부 먹으러
솔잎같이 뾰족한 창이 있는
솔밭식당으로 가네

순두부가 심심하게 넘어가는 세상
문득 다르게 살아보고 싶다는 생각도 들지만
나는 포스트잇
가볍게 가볍게
흔적 없이 떼어지네

그러나 한 번쯤은
그대 맘속에
오래 떼어지지 않는
자석이 되고 싶어

서성이는 봄

지난가을 가지치기한 나뭇가지들이
삭정이로 쌓인 둑방
그걸 감싸려고 개나리 노랗게 번진다

옹기종기 모여든 물오리들 곁으로
겨우내 얼어 있던
물속에는 웬 길이 저리 많은지

봄바람이 귀신들을 깨웠나
풀어헤친 검은 이끼로 넘실대는 바닥
저승에는 봄이 없어
이곳을 두리번대는지

땅 위의 눈부심은
저 구정물에서 피어나는 것인가

봄 한 줌 얻어볼까
봄볕 속에 단잠 자는 유모차 밀며
온몸에 도는 유선乳腺 타고

개천을 서성이는 그녀

쓰레기더미 뒤적이던 노인
봄 한 줌 얻었는지 구부정 돌아선다

눈 깜짝할 새

이런 새가 어디 있나
모든 것 흔적 없이 가져간 새
눈 깜짝할 새

젊음도 사랑도
가져가 버려
오래된 영화처럼 희미하구나

갑자기 날개 펴고
파닥거리는 새
그러나 가벼운 날갯짓에 머물 뿐
박차고 날아가지 못하네

폭포처럼 지나간 새
붙잡을 수 없어
되돌릴 수 없어
세월에 붙박인 채 떨고 있는 눈빛,

허공에 몸을 던지는

눈 깜짝할 새

가을이 걷네

애인과 팔짱 끼고
코스모스 꽃길 걷네
숨소리 느끼며 언제까지
함께 걸을 수 있다는 것
바람이 우릴 더 가까이
다가가게 하지

가을이 걷네
서로의 겨울을 이야기하네
눈 속에 머물 집에 대해
아무렇지도 않게 얘기하네

가을이 걷네
자기 손을 잡고 가는 나를
그가 물끄러미 바라보네

그의 눈동자에 당도한 단풍빛으로
가을이 걷네

용암

너를 향한 마음 텁텁해질까
묵은 김칫속 털어낸다

느끼함이 싫어
콩나물과 동태를 넣으면
푸른 파도처럼 솟아오르는 그리움

고추장과 멸치액젓으로
서로에게 알맞게 간을 맞춰야 하리

흔들리는 두부 넣고
부서질까 내 맘 졸아들지만
청양고추 두어 개 넣으면
혓바닥 얼얼하게 살아온다

용암처럼 끓는 냄비 속에서
너를 만난다

마차는 언제 멈출까

실연당한 청년이 혼자 술을 마실 때
말 두 필이 끄는 포장마차 서부로 떠난다

내 땅을 가지려고
덜그럭대는 황야를 약속 없이 건너면

카바이트 불 반짝이는 포장마차
서부 하늘에 소주병이 파랗게 빛난다

멀고 먼 금광이 눈앞에 어른거려
말채찍 휘두르지만
노인들은 기다리다 못해 죽고
아기들은 울며 태어난다

어묵국물은 졸아들고
모두 취해야 끝이 나는 이곳
서로 술값을 내겠다고 호기를 부리지만
집 없는 사람들 너도나도
서부로 떠날 궁리한다

휘장처럼 널뛰는 집값은 언제 멈출까
나를 기다리는 땅은 어디에 있을까

마차는 계속 달려간다

도피안사 到彼岸寺

매일 매일이 복사되던 11월
세찬 바람에 눈발 날리는 날
철조불상 앞에 큰절 올린다
얼음 같은 쨍한 문장 하나 점지해달라고
주머니 속 탈탈 털어 판돈 걸고 떼를 쓴다

어둔 하늘 걷히고
거침없이 파래진 하늘
왠지 끗발이 좋을 것 같은 예감에
대웅전 계단 내려서는데
확 달려드는,
가슴에 불지르는 붉은 단풍사태
머리며 얼굴 감쌌던 천 쪼가리 벗어던지고
피안 앞에 섰다

단풍처럼 울렁거리는 뜨거움 누르고
삼층석탑 솟아오른다

억지춘향

춘향아, 내 딸아
너를 구할 단 한 사람은 소식이 없구나

까마득한 달 버리고
가까운 별을 봐라
네 곁에 이글거리는 눈동자가 보이잖니
내가 다 떨리더라

약속이니 지조니
한때 지나가는 쏘내기더라
이 에미, 젊은 날 콧대 높던 월매도
퇴기로 늙어갈 뿐

남의 눈치 보지 않고
맘 졸이지 않고
변사또 사랑 받으면 좀 좋으냐

이도령 기다리는 일은
억지춘향일 뿐이니

톡, 톡 안부를 묻네

지팡이 짚고 살금살금 나오신 할머니
겨우내 바깥출입 못 한 지팡이 절로 신이나
할머니보다 더 빨리 톡, 톡

바닥 뚫고 솟는 요놈들이 기특해
톡, 톡 안부를 묻네
어여 오너라 어여 오너라
그 소리에 풀잎들 화들짝 깨어나

톡 톡 리듬에 맞추어
톡 톡 냇물은 종알종알
톡 톡 햇살 한 줌 더 품으려고
톡 톡 백로의 날개 두드리고
톡 톡 안마산을 일으켜 세워

보고 또 보고
지팡이로 만물과 대화하던 할머니

어느 날 천상의 문 앞에서

살며시 두드리시려나, 톡 톡

3부

얼레지

만항재 야생화 군락지
고개 숙인 보라의 물결
뭐가 부끄러워 숙이고 있니

손타지 않은 고개 들어 올리니
천 볼트 전기 찌를 듯이 관통하네
배꼽에서 잠자던 마녀 벌떡 일어나네

얼레지 꽃말 바람 난 여인이라지
이제 지쳤어, 오직 한 남자라는 것에
꽃대에 깃든 서늘바람이
숨막힐 듯 모래바람 일으키네

얼레지 즙 마시고
점쩍은 남자들 확 달궈놓을거야
내 품에 무너지는 네 혼을 쏙 빼놓아야지
만항재 바람 높은 곳에 이단의 사랑 있어
고개 든 얼레지에게 입술 갖다댈 거야
누가 뭐라든 그걸 즐겨

나는 마녀니까

바람 부는 만항재 세 갈래 길
영월로, 정선으로, 태백으로 오라고
세 남자 서로 애타게 부르고 있네

이 나무의 먼 여정

겨우내 벚나무가 피워낸 꽁초가
카페 앞 구부정한 나무 밑에 수북합니다

찬바람에 쿨럭쿨럭 기침하던
나무
봄 되자 구름 같은 꽃을
한가득 피워냅니다

팔짱 낀 연인들이 꽃을 배경으로
구름 타고
몽롱한 눈길 보낼 때
희뿌연 무더기는 어떤 싸움의 흔적같이
한껏 움츠리고 어두워집니다

발 밑 꽁초무덤 지키며
세상의 재떨이가 되어갑니다

연기에 실어 꽃잎 날리는
이 연약한 나무의 먼 여정이

그대의

한층 깊어진 눈빛이 아닌가 생각합니다

주먹도끼

금이 간 상처투성이 토기들의
소리 없는 소란이
유리 너머 넘실대는 박물관에서
주먹도끼를 만났다

구석기에서 건져 올린 돌멩이 하나
옛 사람의 전부였던 것이
내 주먹 안에 꼭 들어찬다

이 좌우대칭의 날로
가죽을 벗기고, 고기를 자르고
나무를 다듬었을 손끝 여문 그는
어디로 사라졌을까

그 피 묻은 돌이
몇 겁의 냇물에 씻겨
온몸으로 되풀이되는 삶의 속도와 무게

손이 없는 물고기 조개 물어와

모서리에 대고 깨고 또 깨듯이
돌멩이에 서린 팔팔한 기운,
이 도끼로 나는 무얼 깰까

그 언덕에 영혼 있어

춘천은 언제나 봄이라지만
월남 피난민이던 우리에게 봄은 멀어
비닐봉지 흙 한 줌 속에 오소소 모여 있던
파뿌리 같은 나날

그 옛 동네엔 언덕 있다
평안도 사투리로 잿동마루라 하던
담배보따리 이고 잿동마루 넘어 다니던 엄마 덕에
딸 여섯은
언덕 넘어 다니며 공부했다

구름을 원고지에 가두던 단발머리는
구름 타고 이 분지를 떠나고 싶었지만
담뱃가게와 잿동마루는 놔주지 않고

그 언덕엔 내가 있다
죽은 내 동생이 넘어간다
내 동생 죽을 때 그 언덕 가져갔을까
그리운 이름들 깨워서

그 언덕에 영혼 있어
불현듯 나를 불러들이듯
그 안의 흙덩이에는
여린 목숨들의 숨결
은하 되어 흐르고 있다

치열한 봄

수원 화성 망루에 올라
포 한 방 날리면
사방에 포탄 떨어져
폭죽처럼 씨앗 쏘아올리고
개나리 진달래 산수유 삼파전은 시작된다

북소리 나팔소리에 놀라
겨울이 서둘러 떠나고
총알을 장전한 꽃몽오리들이
이제 막 터질 듯 숨죽이고 부푼다

마을은 포연으로 아득하고
초록 실은 트럭들이 지나는 길가에
부모 잃은 냉이며 달래들이
붉은 종아리 드러낸 채 뛰어다닌다

아군 적군 할 것 없이
육탄전 벌이다
온 천지에 꽃들이 나뒹구는

화려한 난장터

구름의 무게

무거운 구름 내려놓고
텅 빈 버스
달아나 버린다

구름은 빳빳이 고개 들고,
한 팔 높이 치켜들고
동네 신작로로 들어선다

이곳 저곳 기웃대다
공기인형 몸짓에 활짝 웃기도 하면서
화장기 없는 하늘 올려다보면서

버스 꽁무니에 매달린 시간이
영 끝나 버리지 않아서
어둔 방으로 돌아온다

청동 소녀상이 희미하게 웃고 있는,
마른 망개 열매 툭 떨어지는 방
세상 모든 착각이 그곳에 있는 저녁이 오고

저 반짝이는 별들의 바탕은 어떤 마음일까

별과 함께 가벼워진 구름
네 활개 뻗고 흩어진다

스타킹

아침마다 너를 신던 때가 있었지

그물같이 질겨 보여도
발뒤꿈치 각질에도
손톱 옆 까끄러기에도
순간 주르르 올이 풀려
장갑을 껴야 했지

언제 내 안의 올이 풀릴지 몰라
가방엔 늘 네가 있었지

집에 돌아와선
제일 먼저 벗었지
허물 벗은 구렁이 같은
맨발의 상쾌, 너는 알까

또 한 겹의 피부인 너
그 많은 아침마다
네가 나를 쥐락펴락했지만

너로 인해 나는 완성되었지

단 한 송이

개나리
꽃잎 하나 첫 눈 떴다

어미 젖몸살에 일찍 젖 떼고
어디로 가려는지

눈발 섞인 봄비에
떨고 있는 오직 한 점
모든 것의 '첫'은 두려움이지 뜨거움이지

알 수 없는 아랫배 통증 첫 생리혈
그 비릿한 마음처럼

날카로운 칼금에 피어난 첫 가슴
눈발 한 낱 더운 기운 받아
그동안 애태웠던 숨결 토해내고 싶어

소리 없이 봄비로 오는
전갈처럼

단 한 송이로 오뚝하다

그대를 낳아요

둥근 배를 안고 가는 여자 보면
내 배처럼 아파 와요
땅을 안고 가는 여자
푸르게 차오르는 양수의 시간이 오면
태양을 낳아요

머리가 핑 돌아 남편을 낳았고
배가 아파 딸을 낳았어요
그래서 파란만장을 낳았죠

뽕나무는 오디를 낳고
오디는 술을 낳아 몽롱을 낳아요
한없이 날아올라 취기가 하늘에 닿았나요

무엇을 낳겠다고 책상에 불 밝힌 밤
낱말은 또 다른 말을 낳고
오월의 눈동자 속에 장미를 낳아요

말잇기놀이 지구를 한 바퀴 돌아

나이테를 낳고
골똘한 궁리 끝에
어린 새벽을 낳지요

훨훨 잘 보인다

촘촘한 물가의 나무들
지난겨울 여기저기 솎아내더니

봄 되자 그 둘레가
갓 이발한 남자처럼 산뜻해졌다

드문드문 서 있어
저마다의 맵시가 도드라지고
새순 돋는 잎사귀들 여백을 끌어당겨
한 풍경을 완성하고 있다

나무의 표정이 모두 다르고
빛과 만나는 여러 가지 연두도,
몸 뒤채는 젖무덤도 환히 보인다

그날그날 나무를 읽으면
시심에 잠긴 나무 하나
물끄러미 나를 바라본다
그 눈빛 속엔 제비꽃 낮은 이마

한없이 만지는 바람이 있다

촘촘함과 드문드문 사이에서
출렁이는 눈을 들면
징검다리 훌쩍 넘어가는 백로
훨훨 잘 보인다

마르지 않는 샘

산책할 때 마주치는,
스치면서 안 보는 척 곁눈질하는,
그러다 눈길 닿으면 황급히 고개 돌려

그의 입꼬리 축 쳐져 있으면
나는 서둘러 입매 정리하지
그가 어둡게 걸어오면
나는 꼿꼿이 거만하게
그 거울에 나는 어떻게 비쳤을까

오늘 새로 발견한 얼굴들
바로 나인 것
세상 모든 착각이 그곳에 있다

아침마다 마주하는 새 빛 받은 얼굴들
아파하고 울고 웃고,
말하고 생각하다 잠들었을
그러다 낯선 아침에게 바치는,

똑같은 눈, 코, 입
다 다른 눈, 코, 입

여운을 남기며 지나가는
마르지 않는 샘이다

눈먼 무사
— 영화 <동사서독>을 보고

눈이 보이지 않으니
마음이 보내는 눈빛이 찌릅니다
수줍은 생각 많아
목이 타고 큰숨 들이쉬는 이 사막에서
그대를 사랑할 수밖에요

그리워하는 심정들이 떠돌게 했나요
서로를 베는 검이 될래요

이 사막 어디에도 없는 그대
검이 빠르면 솟구치는 그대의 피
내 심장을 관통하네요

모두가 사라진 것은 아닌 달

그대 있어 올 입동은 춥지 않아
모든 지나간 추위도 따뜻하게 느껴지네

노랗고 붉은 메타세쿼이아
11월이 숨겼다 꺼내 논 황홀인지
두근거림으로 빛나네

남은 시간이 없다고 생각할 때
가야 할 길은 왜 이리 먼지
'모두가 사라진 것은 아닌 달'* 앞에서
나는 11월

개기 월식하는 단풍 든 달
깊이 들여다보던 화살나무
어둠 속 붉은 밀서 접고 있네

* 인디언이 말하는 11월.

인형극

줄인형이 색소폰을 부네

실에 매달린 관절 뿔처럼 솟구치네

줄을 조정하는 손 따라
굽이굽이 음악이 넘어가고
춤추는 인형
온몸이 땀에 젖네

어깨춤에 한껏 흥이 난 관객들
덩실덩실 춤추는 꼭두각시들이네

생명줄에 매달려
운명줄에 매달려
색소폰 소리에 끌려

팽팽한 절정은 아직 멀었다는 듯
굽은 두 팔 휘저으며
힘껏 들어 올리네

반짝반짝

한참 말 배우는 세 살배기
스탠드 보더니 '반짝반짝'이란다

식구들 빙 둘러보며
엄마도 반짝반짝
할머니도 반짝반짝
누나도 반짝반짝
이모도 반짝반짝

아기의 말, 주술처럼
우리는 어느 때보다 더 빛나 환호하고

나는 '반짝반짝'을
내 생의 끝자락에 놓아본다

그러다 스위치 탁 내렸을 때
반짝이는 한때를 기억해
저 세상에서
나 반짝거릴까

4부

북극에서

붉은 벽돌집에 늑대가 산다
창문에 어룽대는 그림자 보였던가
밤마다 컹컹 짖는 소리 들린다
그 소리에 잠이 깨면
먼 북극으로 떠날 채비한다

얼마나 오래 가야 닿게 될까
극지의 밤을 떠도는 흰 늑대 무리
파랗게 빛나는 눈동자들이 기다릴 텐데

북극 밤하늘에 펼쳐지는
신비한 오로라에 취해
얼음벌판 헤매다가
물어뜯긴 흔적
몸 곳곳에 남았다

동이 터오자
벽돌집 창문 깨고
늑대 울음도 사라졌다

주고받던 울음소리 쟁쟁한데
백지 위에
떨구고 간 핏자국 선명하다

북극에서 밤새 걸어온 지친 글자들
방 안 한가득이다

멸칫국물 냄새 타고

그 옛날의 골목길이 생각난다
명희가 사라지던 에움길이
마지못해 손 흔들던 작별 인사가
백지 위 고독 곁으로

무에 그리 할 말이 많았는지
단발머리 여중생에게
골목길은 늘었다 줄었다 했지

슬그머니 건네준 쪽지, 수줍은 감촉과 함께
떠오르는 국수
명희는 국수를 좋아했지
훅 끼치는 멸칫국물 냄새 타고
한밤중 국수가 책상에 놓인다

생각의 면발 따라
명희가 오고 있다
국수가 밀어낸 어둠 뚫고 골목길이 환해진다

쫄깃한 면발이
내 머리를 쓰다듬는다

들뜬 마음 누르고 국수 한 가닥 쭉 빨아당기며
내 몸속에 든 골목길
한바탕 쏟아놓는다

내 사랑

너는 빤히 올려다본다
그 응시에 내 혼은 반쯤 나가
마음이 누워 있는 거리에서
너를 안고 한참을 헤매게 했다

주머니가 없다던데
생각 따윈 어디에 넣어두는지 궁금해
내 귀는 항상 토끼처럼 쫑긋 서 있다

손등 할퀴고도 사과할 줄 모르고
꼬리 펄럭이며 사라질 뿐
자주 내 어깨에 앉아
종내는 파스를 붙여야 했다

미운 짓만 골라하는 네 앞에서
'사랑'이란 말 입에 올리기 싫은데
그곳에 음표 붙여 목이 터져라 부르면
너는 한 번쯤 뒤돌아볼까

너는 그 자리에 늘 있었는데
내가 너무 멀리 왔나 보다

빈 종이에 엎드려

검은 배낭에 검은 양산 쓰고 배회하던
노숙자 그녀
개천에서 세수하고
버스 정류장에서 막걸리 마시던

도서관에서 보았다
계단에 엎드려 무언가 쓰는
바닥에 가슴을 댄 오체투지로

까만 목덜미 백지에 대고
그 검고 흰 끝은 어디일까

쓰는 것에는 힘이 있어
어둠을 잊고
빈 종이에 엎드렸으리

빗방울 떨어지는 저녁
검은 배낭이 횡단보도 앞에서 기다린다
어디로 가려나, 기억의 회랑을 건너

시간들은 울음 되어
서쪽 하늘에 내걸리고
몸을 구부린 채 저 빗줄기들은
또 어디로 가는 것일까

섭소천*

어리숙해 보이는 당신이 좋아요
당신이라면 또 한 번 죽어도 좋아요

정자에서 만났을 때부터 작정했지요
거문고 소리에 넋이 나간 당신은
얼마나 귀엽던지요
당신에게 향하는 내 마음
막을 수 없어요

나를 구해줘, 섭소천
한평생 빛 좋은 개살구에 지쳤어
이제 붉은 노을 바라보며 그대처럼
내 맘대로 살고 싶어

어둠에게 시집가지 않을래요
비록 저승에 있더라도
당신과 함께 살고 싶어요

당신이라면 또 한 번 죽어도 좋아요

* 중국 소설 「요재지이」에 나오는 여자 귀신 이름. 홍콩 영화 〈천녀유혼〉
  에서 왕조현이 연기함.

내 다정한 울화들이여

설거지는 아직도 올가미,
뜨겁게 화를 낼수록 잘 닦인다

울화의 물폭탄 퍼붓고 나면
패잔병처럼
고무장갑에 갇힌 벌개진 손가락들

빨간 장갑 벗어던지면
쓰라린 문신으로 남은 짜증들
이럴 때 거품으로 사라지는 너희는 다정도 하지

밥 달라고 젖 달라고
끊임없이 달라고만 하는 그대여
다 베어주고 내 허기는 누가 채워주나
먼지는 날리고 책은 언제 읽지

밥하고 설거지하고 청소하는
손이 마를 날 없는 나날이여
내 다정한 울화들이여

언제나 풀려날까
이 다정함에서
오늘도 세상에게 밥상을 바치는
내 다정함이여

봄꿈

헐렁한 옷 입고
간이침대에 걸터앉아
봄꿈에 잠기는 오후

엷은 호흡에 기대 바라보니
꽃잎 하나 떨어지네

꽃들은 오래 피겠다고 매달리지 않는구나
나의 꽃은 누구였을까
누구에게 꽃이었던 적이 있을까

어서 피라고 봄이 부르네
내 마음 문 열고 꽃 피워야지
이름표도 없이 길가에 나앉아
다정하게 나비를 불러야지

절벽 끝에 핀 늙은 진달래
죽었는가 했는데
벼랑이 참 붉고 비리네

꼭 오늘 하루 같은 붉음
다정에 병들었는가
봄에 나를 보네

콩새

이 한겨울에 무슨 축제가 열리는지
덤불 속 콩새들이
돌계단 사이에 두고
이쪽으로 팔랑
저쪽으로 포르릉
떼 지어 왔다 갔다 하더니
휘이 저 건너 나뭇가지로
지루할 틈 없네

콩새와 같은 공기 마시며
콩새의 생생한 파동 느끼며
나도 이 나무에서 저 나무로
이 생각에서 저 생각으로
명랑하게 흔들리네

콩새가 앉았던 가지에
남아 있는 온기
생명의 물기 한 점 내게 흘러

온몸으로 받아내는 눈가의 주름
날개에 실어 농담처럼 떠나보내고
콩새가 떨군 콩 따라
그대 얼굴 쓰다듬으며 길을 나서고 싶네

달버스

구름도 없는 밤 버스를 타고 가는 나를
끈질기게 따라오는 시선은 낯이 익다

짙푸른 수면을 차고 오르는
지느러미들이 헤엄쳐 오고 있다

한때 저 달빛을 베낀 배꽃이
흐드러진 적이 있었지

종점이 가까워 온다
하늘이 기우뚱거린다
차창에서 나와 눈 맞추던 수많은 시선은 어디 갔나

해일처럼 밀려오던 심해어들 뿔뿔이 흩어진다
내 마음에 달 하나 남겨두고

대구에서 춘천까지
차창에 갇혔던 달
이제 제 갈 길을 찾았을까

스미다

구름이 나무에 스미면
나무는 땅에 스미어 잎사귀를 낳지
잎사귀들이 스민 태양
태양이 저 산 너머로 스미는 저녁
밥상에 그대의 피곤이 스미면
달그락 달그락
국 한 사발 몸속으로 스미네
달빛 스미는 창가에서 그대 어깨에 기대네
서로의 눈동자 속으로 스미는 밤
내 잠 속으로 스며드는 멀고 먼 별자리들
그대의 체온이 내 가슴으로 스며
내가 낳은 흰 싸리꽃들 한없이 스며드네

내 말은 어디 있나

흰 갈기 휘날리며 초원을 달린다
세상을 호령하는 깃발처럼
펄럭이는 긴 꼬리
힘찬 발굽 소리 가슴을 울린다

말들이 고비 사막에 모여 산다
길들여지지 않은 야생마는
덜컹거리는 시간 속으로 달아나고

지평선 너머 안개 헤치고 천천히 다가오는 말
백지에 목을 늘이고
속눈썹 그윽한 눈동자 나를 바라본다

내 말을 싣고 돛을 높이 단
한 척의 범선 바다로 나아간다
오월 초록 들판이 넘실넘실

히힝 히히힝
말이 쏟아내는 방언이

허공으로 일렁인다

봉의산에 정박하다

석양이면 발을 구르는 소양강 처녀들
뒤척이는 강물 속에
물결 하나 열여덟의 나이로 깜박인다

이불호청 잿물에 삶아
강변에 하얗게 널어놓고
빨래방망이로 세월 두드리던 여인들
그때 강물에 풀려나간 이야기들
물줄기처럼 끊임없이 기억의 솔기 박음질한다

사방이 산으로 가로막혀
떠나지 못한 배 한 척
맘속으론 무수히 떠나보낸 종이배
지금은 봉의산에 정박해
아침마다 그 사내 기색 살피며 밥을 짓는다

한 마리 봉황의 날개 밑에
한 겹의 나를 이루었으니
너를 품고 내 안에서 끝없이 흐를 春川

언제나 청춘열차가 기다리는

가을 담쟁이

푸른 파도로 일렁이던 이파리들
검은 자줏빛으로 무장하고
하늘에 닿을 듯 타고 오르네

벽은 너무 아찔해
실핏줄 언제 끊길까 걱정이지만
오직 나아갈 뿐
한 땀 한 땀 손잡고 오를 때
길이 보여

소용돌이치던 가파른 길도
묵은 기억처럼 따뜻해지고

온몸이 손인 덩굴손
그 눈 없는 손으로
붉어지며 벽을 넘어가리라

커밍아웃

핑크 트라이앵글 박자에 발은 맞추며
그녀와 춤을 추었지
공원 벤치에 나란히 앉아
윤기 나는 생머리 만지며 사랑한다 말할까
가슴이 뛰기 시작했어

눈동자가 얽히자 자석처럼 와락 껴안았지만
좀비 보듯 하는 흘끔거림이 진저리가 나

댕댕 댕댕 핑크 트라이앵글에 기대어
밤새 춤을 추었지
땀에 젖은 머리칼 눈앞을 가려도
이 세상이 꺼지도록 발을 구르며
새벽빛 이마에 부실 때까지

번쩍이는 조명이 꺼지고
바닥이 보이지 않는 계단 한없이 내려가면
그 끝은 어디에 닿게 될까

구름운전사

공원 한 켠 둥근 운동기구 잡고
팔 돌리기로 하늘 올려다보면
구름이 이쪽 저쪽으로 돌아
알 수 없는 은유로 가득한 나는 구름운전사

먹구름이면 우산을 준비하고
새털구름이면 새처럼 가볍게 라라
양떼구름이면 무심하게 풀을 뜯지
뭉게구름이면 뭉게뭉게 모여 수다 떨고

미루나무 꼭대기에 조각구름 걸려 있네
내 노래에 뜬구름 잡고 있네
사람들은 그러지만
뜬구름이면 어때, 닿을 수 없으면 어때

솔기 하나 없는 입체 그림 속으로
가뭇가뭇 줄지어 새 떼 멀어지고
구름 한 덩이 얻어 타고 두둥실
순식간에 제 몸 바꾸는 구름의 발바닥 따라가면

뭉게뭉게 피어나는 풍경과 사람들
무얼 먹고 어떤 꿈을 꾸며 사는지

상체 근육운동으로 구름을 돌리고
이제 내 하루를 향해 마음 근육운동으로
무얼 돌릴까 아득히 두리번댄다

콩새는 날아가고
— 김순실 시집 『어디에도 없는 빨강』에 부쳐

전윤호

시인

돌아보면 쓸쓸한 나이가 되면 사람들은 몇 가지 자세를 택하는데 그중에서 제일은 역시 '지나온 날들을 돌아보니 참 아름다웠구나' 하는 순응적인 자세이다. 게다가 '금방 지나가 버린 지난날, 그땐 왜 그리 미련했는지 몰라, 그대들은 부디 나처럼 후회하지 말기를' 하고 덧붙이면 아주 바람직한 기성세대의 자세가 된다.

그런데 이런 말들은 무슨 결혼식 주례나, 퇴임식 마지막 연설로는 적당하나 시로서는 영 아닌 전술이 된다. 뻔한 소리 하는 시를 아까운 시간 내서 읽을 필요는 없을 테니까. 그런 면에서 인간 김순실은 참 교과서적인 사람이

다. 언행이 너무 착해서 글에도 그런 모습이 자꾸 드러나 '제발 실밥 뜯는 얘기는 밖에 나와서 하진 마시라'는 잔소리도 듣곤 했다. 하지만 이번 시집을 읽으면서 그런 걱정은 기우였다는 것이 드러났다. 인간 김순실이 아닌 시인 김순실의 마음속에는 우리가 미처 캐내지 못했던 기원과 발칙한 욕망들이 숨어 있었던 것이다. 「눈 깜짝할 새」라는 작품을 먼저 보자.

이런 새가 어디 있나
모든 것 흔적 없이 가져간 새
눈 깜짝할 새

젊음도 사랑도
가져가 버려
오래된 영화처럼 희미하구나

갑자기 날개 펴고
파닥거리는 새
그러나 가벼운 날갯짓에 머물 뿐
박차고 날아가지 못하네

폭포처럼 지나간 새
붙잡을 수 없어

되돌릴 수 없어
세월에 붙박인 채 떨고 있는 눈빛,

허공에 몸을 던지는
눈 깜짝할 새
— 「눈 깜짝할 새」 전문

짐짓 "박차고 날아가지 못하"겠다고 하더니, 돌연 "허
공에 몸을 던지는/ 눈 깜짝할 새"가 된다. 이 급격한 자세
의 변환은 시집 전편에 숨어 있는데, 표제시인 「어디에도
없는 빨강」에서 도드라진다.

깍두기 한 입 깨무는데
아삭, 반짝이는 소리
밤새 걸어야 했던 길 멈추게 한다

그날이 그날이던 깍두기가
젓가락 쥔 채 곰곰 생각에 빠지게 한다

땅속에서 무無로 견디던 무
드디어 땅 위로 드러난
깊숙한 말들 새겨놓고

한 입 베어 물면 아삭, 하고 대답하는지

무에서 태어난
깍두기의 색깔은 나만의 것
나만의 손맛으로
어디에도 없는 빨강

읽을 수 없는 말들이
깍두기라는 꽃봉오리에 닿아 터진다
―「어디에도 없는 빨강」 전문

"땅속에서 무로 견디던" 그녀의 생각은 땅 위로 드러날 때, 깊숙한 말들을 드러낸다. 그리고 "나만의 손맛으로/ 어디에도 없는 빨강"을 만들어낸다. "어디에도 없는 빨강"은 어떤 색일까? "한 입 베어 물면 아삭" 하는 대답은 또 무슨 의미일까. 어쩌면 그는 답을 감추기 위해 다시 슬 그머니 소극적인 모습을 취한다.

누구는 도서관에서 영혼의 고래 같은 사람 만났다는데
나는 창가에 앉아 고래가 드나드는 꿈을 꾸지

고래와 생각 사이를 넘나들던 새들

순간 솟구쳐 올라 가없이 사라지네
새들의 창은 얼마나 넓을까
새들이 조망하는 세계에서
나의 창은 얼마나 작을까

나는 작은 내 부엌창이 좋아
나를 키운 봉의산이 다 보이고
색색의 지붕이, 구부러진 길이, 삶의 고만고만함이…
그래서 고래는 내 창으로
들어올 수 없었겠지
— 「나의 작은 창窓」 부분

시인은 지금의 자신에게 만족하며 내 작은 부엌 창이
좋다고 겉으로는 그리 말하지만 과연 그럴까? 다음 시를
읽어보자.

목이 늘어진 옷을 입고
간이침대에 걸터앉아
당신 생각에 출렁입니다

백자 같은 달빛 속에
매화 향기 그득합니다

그대와 주고받던
이야기들이 차오르며
먼 은하로 흘러갑니다

나의 봄이었던 사람
그 웃음, 발바닥, 손바닥,
겨드랑이에 발갛게 열꽃이 핍니다

봄밤이 발기합니다
——「열꽃」 전문

　마지막 한 줄을 빼면 참 무던하고 무난한 시라고 할 수
있다. 그런데 마지막 한 줄 "봄밤이 발기합니다"라는 문
장이 독자의 뒤통수를 치는 것이다. 그러니까 지금 시인
은 잔잔한 호수에 돌을 하나 던지니 파문이 이는 전법을
구사하고 있다. 그리고 이것이 그의 장점이고 특징이 되
는 지점인 것이다.
　장담하건대 시인의 마음속에는 무난하거나 원만한 사
람은 살지 않는다. 그리 보였다면 그것은 시인의 보호색
이 잘 작동했을 뿐이다. 시인은 마음속에 버드나무 옛 우
물이 있고 그 안에 금빛 잉어가 산다고 고백한다.

두레박 빠뜨려 울며 내려다본
깊은 우물 속
그날 밤 꿈속에서
내가 놓친 두레박 물고
우물에서 올라온 금빛 잉어를 만났지

지금도
내 안에 살고 있는 금빛 잉어
밤마다 슬며시 떠올라
달빛 가득 이야기 물고 온다
─「금빛 잉어가 있어」 부분

　시의 서사를 따라가자면, 금빛 잉어는 용이 되어 떠나려는 존재이고 화자인 나는 그런 우물을 떠나지 못하는 존재이다. 하지만 다른 사람의 이목을 피해 아직도 만나는 둘은 무슨 이야기를 할까? 당연 용이 되어 날아갈 심산일 테다. 혹 모르겠다면 한 편을 더 살펴보자.

둥근 배를 안고 가는 여자 보면
내 배처럼 아파 와요

땅을 안고 가는 여자
푸르게 차오르는 양수의 시간이 오면
태양을 낳아요

머리가 핑 돌아 남편을 낳았고
배가 아파 딸을 낳았어요
그래서 파란만장을 낳았죠
　　―「그대를 낳아요」 부분

　　화자인 나는 태양을 낳고 남편을 낳고 딸을 낳아서 파
란만장을 만든 장본인인 것이다. 그리하여 "수원 화성
망루에 올라/ 포 한 방" 쏘면 "온 천지에 꽃들이 나뒹구
는/ 화려한 난장터"(「치열한 봄」)가 되고, 화자인 나는 붉
은 벽돌집에서 북극을 꿈꾸며 밤바다 우는 늑대(「북극에
서」)를 키운다. 그러니 시인이 내세운 화자는 언제나 떠날
것을 꿈꾸는 자이다.

무거운 구름 내려놓고
텅 빈 버스
달아나 버린다
　　―「구름의 무게」 부분

어둠에게 시집가지 않을래요
비록 저승에 있더라도
당신과 함께 살고 싶어요

당신이라면 또 한 번 죽어도 좋아요
― 「섭소천」 부분

인용한 시편들(「구름의 무게」, 「섭소천」)이 아니더라도
시집 전면에 흐르는 핵심은 떠나는 것이다. 설령 죽더라
도 말이다.

끝으로 필자가 당부하고 싶은 건, 김순실 시인이 더 다
정하지 않았으면 좋겠다는 것이다. 시인의 다정함이 울화
가 되는 부분을 이제는 깨부숴야 한다. 그런 면에서 「내
다정한 울화들이여」는 이 시집에서 매우 빛나는 시 중의
하나이다.

설거지는 아직도 올가미,
뜨겁게 화를 낼수록 잘 닦인다

울화의 물폭탄 퍼붓고 나면

패잔병처럼
고무장갑에 갇힌 벌개진 손가락들

빨간 장갑 벗어던지면
쓰라린 문신으로 남은 짜증들
이럴 때 거품으로 사라지는 너희는 다정도 하지

밥 달라고 젖 달라고
끊임없이 달라고만 하는 그대여
다 베어주고 내 허기는 누가 채워주나
먼지는 날리고 책은 언제 읽지

밥하고 설거지하고 청소하는
손이 마를 날 없는 나날이여
내 다정한 울화들이여

언제나 풀려날까
이 다정함에서
오늘도 세상에게 밥상을 바치는
내 다정함이여
― 「내 다정한 울화들이여」 전문

김순실 시인은 이제 콩새가 되어 날아가겠다고 선언했

다. 박수를! 그리고 점점 더 대담해져서 커밍아웃도 한다. 시인을 잘 알고 지켜보는 입장에서 이런 변화는 무척이나 바람직한 것이다. 이제 떠난다는 선언을 했으니 다음 시집에서는 떠난 자의 여정에 대해 말해주기를 은근 기대하는 것이다. 끝

달아실 기획시집 31

어디에도 없는 빨강

1판 1쇄 발행	2023년 12월 22일
지은이	김순실
발행인	윤미소
발행처	(주)달아실출판사
책임편집	박제영
디자인	전부다
법률자문	김용진, 이종진
주소	강원도 춘천시 춘천로 257, 2층
전화	033-241-7661
팩스	033-241-7662
이메일	dalasilmoongo@naver.com
출판등록	2016년 12월 30일 제494호

* 잘못된 책은 구입한 곳에서 바꿔드립니다.
* 책값은 뒤표지에 표시되어 있습니다.
* 이 책은 강원특별자치도, 강원문화재단의 후원으로 제작되었습니다.